SYNDICATE

シンジケート［新装版］　穂村弘

HIROSHI HOMURA

目次

絵　ヒグチユウコ
装丁　名久井直子

シンジケート

1

シンジケート

風の夜初めて火をみる猫の目の君がかぶりを振る十二月

停止中のエスカレーター降りるたび声たてて笑うふたり一月

九官鳥しゃべらぬ朝にダイレクトメール凍って届く二月

フーガさえぎってうしろより抱けば黒鍵に指紋光る三月

郵便配達夫《メイルマン》の髪整えるくし使いドアのレンズにふくらむ四月

「あなたがたの心はとても邪悪です」と牧師の瞳も素敵な五月

泣きながら試験管振れば紫の水透明に変わる六月

限りなく音よ狂えと朝凪の光に音叉投げる七月

プードルの首根っ子押さえてトリミング種痘の痕なき肩よ八月

置き去りにされた眼鏡が砂浜で光の束をみている九月

錆びてゆく廃車の山のミラーたちいっせいに空映せ十月

水薬の表面張力ゆれやまず空に電線鳴る十一月

ゼロックスの光にふたり染まりおり降誕うたうキャロルの楽譜

舞う雪はアスピリンのごと落丁本抱えしままにかわすくちづけ

編んだ服着せられた犬に祝福を　雪の聖夜を転がるふたり

体温計くわえて窓に額つけ「ゆひら」とさわぐ雪のことかよ

子供よりシンジケートをつくろうよ「壁に向かって手をあげなさい」

ウエディングヴェール剝ぐ朝静電気よ一円硬貨色の空に散れ

モーニングコールの中に臆病のひとことありき洗礼の朝

パイプオルガンのキイに身を伏せる朝　空うめる鳩われて曇天

抱き寄せる腕に背きて月光の中に丸まる水銀のごと

「猫投げるくらいがなによ本気だして怒りゃハミガキしぼりきるわよ」

「とりかえしのつかないことがしたいね」と毛糸を玉に巻きつつ笑う

「キバ」「キバ」とふたり八重歯をむき出せば花降りかかる髪に背中に

クロスワードパズルの穴をぶどう酒係《ソムリエ》に尋ねし君は水瓶のB

新品の目覚めふたりで手に入れる　ミー　ターザン　ユー　ジェーン

馬鹿な告白のかわりにみずぎわでゴーグルの中の水をはらえり

悪口をいいあう　やねにトランクに雲を映した車はさんで

「殺し屋ァ」と声援が降る五つめのファールとられて仰ぐ空から

パーキングメーターに腰かけて夜に髪とき放つ　降れキューティクル

「みえるものが真実なのよ黄緑の鳩を時計が吐きだす夜も」

ケーキ食べ終えたフォークに銀紙を巻きつつ語るクーリエ理論

洗い髪に顔をうずめた夜明け前連続放火告げるサイレン

水滴のしたたる音にくちびるを探れば囓じるおきているのか

乾燥機のドラムの中に共用のシャツ回る音聞きつつ眠る

卵大のムースを俺の髪に塗りながら「分け合うなんてできない」

水滴のひとつひとつが月の檻レインコートの肩を抱けば

「酔ってるの？ あたしが誰かわかってる？」「ブーフーウーのウーじゃないかな」

マネキンのポーズ動かすつかのまに姿うしなう昼の三日月

台風の来るを喜ぶ不精髭小便のみが色濃く熱し

夕闇の受話器《クレイドル》受けふいに歯のごとし人差し指をしずかに置けば

君がまぶたけいれんせりと告げる時谷の紅葉最も深し

許せない自分に気づく手に受けたリキッドソープのうすみどりみて

バラの棘折りつつ告げる偽りの時刻信じて眠り続けろ

ゼラチンの菓子をすくえばいま満ちる雨の匂いに包まれてひとり

その首の細さを憎む離れては黒鍵のみをはしる左手

孵るものなしと知ってもほおずきの混沌《カオス》を揉めば暗き海鳴り

ワイパーをグニュグニュに折り曲げたればグニュグニュのまま動くワイパー

ぶら下がる受話器に向けてぶちまけたげろの内容叫び続ける

ブランコもジャングルジムもシーソーもペンキ塗りたて砂場にお城

雲のかたちをいえないままにきいている球場整備員の口笛

まなざしも言葉も溶けた闇のなかはずれし受話器高く鳴り出す

2

こわれもの

月よりも苦しき予感ふいに満ち踊り場にとり落とす鍵束

血まみれのチューインガムよアスファルトに凍れ神父も叫ぶこの夜

A・Sは誰のイニシャルAsは砒素A・Sは誰のイニシャル

春雷よ　「自分で脱ぐ」とふりかぶるシャツの内なる腕の十字

酢になったテーブルワイン飲み干せば確信犯の眼差し宿る

百億のメタルのバニーいっせいに微笑む夜をひとりの遷都

飛行機の翼の上で踊ったら目がつぶれそう真夜中の虹

脱走兵鉄条網にからまってむかえる朝の自慰はばら色

目を醒ませ　遠くラグーンに傷ついた人魚にとどめを刺しにゆくため

雄の光・雌の光がやりまくる赤道直下鮫抱きしめろ

シュマイザー吼えよその身をばら色に輝く地平線とするまで

卵産む海亀の背に飛び乗って手榴弾のピン抜けば朝焼け

みずあびの鳥をみている洗脳につぐ洗脳の果てのある朝

爪だけの指輪のような七月をねむる天使は挽き肉になれ

桃から生まれた男

呼吸する色の不思議を見ていたら「火よ」と貴方は教えてくれる

瞬間最大宝石

ばらのとげ泡立つ五月　マジシャンの胸のうちでは鳩もくちづけ

目薬をこわがる妹のためにプラネタリウムに放て鳥たち

「飲み口を折り曲げられるストローがきらい臨時の恋人がすき」

わがままな猫は捨てよう真夜中のダストシュートをすべる流星

マジシャンが去った後には点々と宙に浮かんでいる女たち

裏切りに指輪よ描け頰を打つバックハンドの軌跡の虹

抱きしめれば　水の中のガラスの中の気泡の中の熱い風

はしゃいでもかまわないけどまたがった木馬の顔をみてはいけない

春雪よ恋の互換性想いつつあがないしばら色の耳栓

ペーパーフィルターに世界の始まりを目守る神々の春のゆうぐれ

腱鞘炎に祝福を　黒鍵は触れるそばからパセリの色に

五月　神父のあやまちはシャンプーと思って掌にとったリンス

フェンシングの面抱《マスク》きて風殺すより美しく「嘘だけど好き」

ねむりながら笑うおまえの好物は天使のちんこみたいなマカロニ

犬

ほんとうにおれのもんかよ冷蔵庫の卵置き場に落ちる涙は

生まれたてのミルクの膜に祝福の砂糖を　弱い奴は悪い奴

憎まれているのは俺か雪のなか湯気たてて血の小便小僧

蜂をのんで転がり回る犬よこの口と口とがぶつかる春を

ハーブティーにハーブ煮えつつ春の夜の嘘つきはどらえもんのはじまり

俺にも考えがあるぞと冷蔵庫のドア開け放てば凍ったキムコ

サバンナの象のうんこよ聞いてくれだるいせつないこわいさみしい

「前世は鹿です」なんて嘘をためらわぬおまえと踊ってみたい

愚かなかみなりみたいに愛してやるよジンジャエールに痺れた舌で

耳たてる手術を終えし犬のごと歩みかゆかんかぜの六叉路

星は朝ねむる

彗星をつかんだからさマネキンが左手首を失くした理由は

裏切りの朝の香りはドロップの缶にそれだけ残した〈はっか〉

船の名を読むために銅貨落とし込む鳩の糞まみれの双眼鏡《ビノキュラー》

信じないことを誓って星は朝ねむる葡萄の肉色の空

深すぎる覚醒に統べられしテロリストに紫陽花色の銃身

ばらまいてしまった砂糖は火の匂い　善は急げ　悪はもっと急げ

後ろ手に隠してるのはパトカーの頭にのっけてあげるサイレン？

だけどわかっていたらできないことがある火の揺りかごに目醒める硝子

四月　密輪の宝石は歯磨きのチューブにねむりおまえは愚か

花びらに洗われながら泣いている人にはトローチの口移し

指切りのゆび切れぬまま花ぐもる空に燃えつづける飛行船

ながいこわい夢を洗い流してくれO_2ケアより優しい声で

「さかさまに電池を入れられた玩具《おもちゃ》の汽車みたいにおとなしいのね」

春を病み笛で呼びだす金色のマグマ大使に「葛湯つくって」

闇の中でベープマットを替えながら「心が最初にだめになるから」

人はこんなに途方に暮れてよいものだろうか　シャンパン色の熊

鳥の雛とべないほどの風の朝　泣くのは馬鹿だからにちがいない

チェシャ・キャッツ・バトル・ロイヤル

「林檎の皮をあげにゆこうよクラクションの真似しかしない馬鹿なオウムに」

「耳で飛ぶ象がほんとにいるのならおそろしいよねそいつのうんこ」

「おじさん人形《カーネル・サンダース》相手にどもっているようじゃパパにはとても会わせられない」

「唾と唾混ぜたい？夜のガレージのジャッキであげた車の下で」

「ボーカルは顔ばっかりでマフィアならゴッドファーザー級《クラス》の音痴」

「クローバーが摘まれるように眠りかけたときにどこかがピクッとしない？」

「吼え狂うキングコングのてのひらで星の匂いを感じていたよ」

「パジャマの片足に両足つっこんだ罰で彗星しか愛せない」

「自転車のサドルを高く上げるのが夏をむかえる準備のすべて」

積乱

罪の定義は任せるよセメダインの香に包まれし模型帆船

若き海賊の心臓？　真緑にゆれるリキッドソープボトルは

恋のいたみの先触れははつなつのバナナ折りとる響きのなかに

自転車の車輪にまわる黄のテニスボール　初恋以前の夏よ

女の腹なぐり続けて夏のあさ朝顔《べんき》に転がる黄緑の玉

夏の終わりに恐ろしき誓いありキューピーマヨネーズのふたの赤

死のうかなと思いながらシーボルトの結婚式の写真みている

海にゆく約束ついに破られてミルクで廊下を磨く修道女《シスター》

積乱と呼ばれし雲よ　錆色のくさり離してブランコに立つ

目をみちゃだめ

前夜《イヴ》のための前戯か頬をうちあえばあかあかと唐がらしの花環《リース》

確信が罪にちかづくゆうぐれをあやまちて頬にさせる目ぐすり

シャンデリア引き降ろされて洗われる夕べおろかな約束ひとつ

象に飲ませる林檎の匂いのバリウムが桶いっぱいにゆれる月の夜

真夜中の大観覧車にめざめればいましも月にせまる頂点

暗い燃料《フエル》タンクのなかに虹を生み虹をころしてゆれるガソリン

空転の車輪しずかに止まっても死につづけてる嘘つきジャック

フルエアロ

風の馬たちをみてるか棒パンで編まれた籠に腕を通して

パレットの穴から出てる親指に触りたいのと風の岸辺で

永遠をみた眸の色か洗われて洗濯籠に運ばれる犬

試合開始のコール忘れて審判は風の匂いにめをとじたまま

噴水に腰かけて語るライオンの世界におけるレディ・ファースト

3

天津甘栗

秋になれば秋が好きよと爪先でしずかにト音記号を描く

秋の始まりは動物病院の看護婦《ナース》とグレートデンのくちづけ

「メイプルリーフ金貨を噛んでみたいの」と井辻朱美は瞳を閉じて

プルトップうろこのように散る床に目覚めるとても冷たい肩で

ベーカリーのパンばさみ鳴れ真実の恋はすなわち質より量と

手をとって木立をゆけば糸となる水は輝く蜘蛛のお尻に

空の高さを想うとき恋人よハイル・ヒトラーのハイルって何？

ボールボーイの肩を叩いて教えよう自由の女神のスリーサイズを

桟橋で愛し合ってもかまわないがんこな汚れにザブがあるから

回るオルゴールの棘に触れながら笑うおまえの躰がめあて

抜き取った指輪孔雀になげうって「お食べそいつがおまえの餌よ」

馬鹿はずっと眠っていろと温野菜にドレッシングで描く稲妻

甘栗の匂いにふたり包まれてゆく場外馬券売場まで

くちうつしのホールルズ光る地下鉄の十色使いの路線図の前

「愚か者の惑星《ほし》からきたの？」ウオーターグリースに浮かぶ気泡みつめて

眠れない夜はバケツ持ってオレンジのブルドーザーを洗いにゆこう

こわくなることもあるよと背を向けたまま鳥かごの窓を鳴らして

何ひとつ、何ひとつ学ばなかったおまえに遙かな象のシャワーを

糊色の空ゆれやまず枝先に水を包んで光る柿の実

手をつなぎ眠る風の夜卓上に十徳ナイフの刃はひらかれて

塩粒のような星の群れを笑う　髪まで地に繋がれしガリバー

雨の中でシーソーに乗ろう把手まであおく塗られたあのシーソーに

嘘をつきとおしたままでねむる夜は鳥のかたちのろうそくに火を

「まだ好き？」とふいに尋ねる滑り台につもった雪の色をみつめて

鬣を洗ってあげると欺いて角に触れれば凍るユニコーン

君去りし朝の食卓黒き砂が馬蹄磁石の両端飾る

浴槽に鳴っているのは黄緑の栓につながるみじかい鎖

ジョン・ライドンに敬礼を　小便小僧のひたいに角《つの》生れし朝

冬の歌

ねむるピアノ弾きのために三連の金のペダルに如雨露で水を

朝の陽にまみれてみえなくなりそうなおまえを足で起こす日曜

あっかんべかわせば朝の聖痕は胸にこぼれた練り歯磨き《トゥースペイスト》

「許さない」と瞳《め》が笑ってるその前にゆれながら運ばれてくるゼリー

シャボン玉鼻でこわして俺以外みんな馬鹿だと思う水曜

雨の最初のひとつぶを贈る起きぬけは声が全然でないおまえに

歯を磨きながら死にたい　真冬ガソリンスタンドの床に降る星

恐ろしいのは鉄棒をいつまでもいつまでも回り続ける子供

終バスにふたりは眠る紫の〈降りますランプ〉に取り囲まれて

かぶりを振ってただ泣くばかり船よりも海をみたがる子供のように

薬指くわえて手袋脱ぎ捨てん傷つくことも愚かさのうち

ちんちんをにぎっていいよはこぶねの絵本を閉じてねむる雪の夜

「男の子はまるで違うねおしっこの湯気の匂いも叫ぶ寝言も」

「芸をしない熊にもあげる」と手の甲に静かにのせられた角砂糖

街じゅうののら犬のせた観覧車あおいおそらをしずかにめぐる

天使らのコンタクトレンズ光りつつ降る裏切りし者の頭上に

受話器とってそのまま落とす髪の毛もインクボトルも凍る夜明け前

冬の陽の音階を聴く散水車の運転手のようにさみしい朝は

翔び去りし者は忘れよぼたん雪ふりつむなかに睡れる孔雀

あかるくてさみしい朝の鳥かごにガラス細工のぶらんこ吊す

春一番うわさによると灯台であし毛の仔馬がうまれたらしい

たぶんエリーゼのために

逆立ちの足首支えながらみる春のセスナの撒くソノシート

雨は降るおまえにおまえが春の野に草を結んでつくったわなに

栈橋にしゃがんでボート引き寄せる杏仁豆腐色の空の下

はるのゆき　蛇腹のカメラ構えてるけど撮る方が笑っちゃだめさ

手はつながずにみるはるのゆきのなか今日で最後のアシカの芸を

声がでないおまえのためにミニチュアの救急車が運ぶ浅田あめ

花の名の気象衛星めぐる夜のきれいで恥知らずな獣たち

金色のコーンの山を胸の前に捧げて戻るサラダバーより

エイプリルフールには許されるものありき　セロリで組みたてし馬

「鮫はオルガンの音が好きなの知っていた？」五時間泣いた後におまえは

曇天の朝のくちづけ　ナフタリンで走る玩具のボートの行方

イースターの卵をみせるニットから頭がでないともがくおまえに

雨上がりチンチン電車に巣をかけたつばめが僕らの空を横切る

シャボン玉でつくった豹は震えながら輝きながら五月の森へ

アルキメデスのように駆けだす淫売は肩にシャボンの泡のせたまま

海鳥の旋回の下ハノンンから解放されてつくる砂の馬

新緑のなかで抱きあう覆面の馬が圧勝した草競馬

警官も恋する五月　自販機《ヴェンダー》の栓抜きに突き刺すスプライト

新緑のゴールドラッシュに沸く森で撃たれよ鹿とまちがえられて

「靴ひもの結び方まで嫌いよ」と大きな熊の星座の下で

女兵士《アパッチ》はねむるラジオのアンテナに風呂で洗ったパンツ掲げて

犬のためのミルク沸くまで真夜中のウエイトレスのシャドーボクシング

警官を首尾よくまいて腸詰にかじりついてる夜の噴水

オリオンの上半身が沈む頃パジャマの帽子で拭く写真立て

くわえろといえばくわえるくわえたらもう彗星のたてがみのなか

スイマー

駐車場に車を駐めておいたら、車荒しにやられた。金は入れてなかったから、たいした被害はなかったけど、ドアの錠がこわされてバコバコにされていた。車内にメモが残されていて、「日曜の朝、床屋に行くか海に行くか迷ったら、海に行きなよ。」と記されていた。余計なお世話だ、と思ったけど、次の日曜、バコバコのドアのまんまで、近くの海に行った。砂浜に座ってバナナを食ったらうまかった。

ガソリンを撒いて眠ろう夏の朝かおだけ黒い犬抱きしめて

わざわいは夏降り注ぎママレードの中にのたうつオレンジの皮

頭から袋かぶせてきめちまえ　オイルサーディンとモンキーレンチ

査定０の車に乗って海へゆく誘拐犯と少女のように

一気筒死んでＶ７「海に着くまではなんとかもつ」に10＄

手を叩け海のあおさに驚いたパトカーが椰子の樹に突っ込むぞ

飛びすぎたウインドウウォッシャーやねに降る季節すべては心のままに

夏の雲　水兵さんが甲板のベースボールできめる盗塁

夏みかん賭けた競泳《レース》は放射状にひびの入ったゴーグルかけて

ゴムボートに空気《エア》入れながら「男なら誰でもいいわ」と声たてて笑う

抱きたいといえば笑うかはつなつの光に洗われるラムネ玉

「海にでも沈めなさいよそんなもの魚がお家にすればいいのよ」

バタフライ・ドルフィン・キックで切ってゆく水と光のバウムクーヘン

まっ青な蛸が欲しくてシュノーケル咬めば泡・泡・泡に抱かれる

女には何をしたっていいんだと気づくコルクのブイ抱きながら

ゴムボートの空気を抜けばオレンジを手にしたままの君の潜水

ビート板抱いてまっ青に盛りあがる洗濯女のオーガズムより

なきながら跳んだ海豚はまっ青な空に頭突きをくらわすつもり

塩を抱く者はいのるないのるなとくるぶしをなめつづける波

髪飾り波に漂う　落雷にうたれて沈みゆくマーメイド

砂の城なみうちぎわにたてられてさらわれてゆく門番ふたり

夕焼けの雲に向かって「アカ」「アオ」と水兵さんの手旗信号

泳ぎながら小便たれるこの俺についてくるなよ星もおまえも

流れ星に願いもかけずにまっ青な手負いの蛸を想う泡の上

朝焼けが海からくるぞ歯で開けたコーラで洗えフロントガラス

ごーふる

あとがきにかえて

1　おろおろ

十月のスケート場びらきの朝、友達みんなで滑りに行った。しばらく滑った後でスケート・リンクの横の飲み物を売ってる所で休んでいたら、横で白い息を吐きながらホットカルピスを飲んでいた顔見知りの女が、急に私に向かって「カルピス飲むと白くておろおろした変なものが、口からでない？」と、いった。私はとても驚いて、「でる。」と、反射的に答えながら、この女とつき合おうと心に決めていた。

次の日、その女を口説こうと思って、上野のアメ横で新巻鮭を買って、女の部屋へ行った。通りに面した部屋の窓から新巻鮭を投げ込んだら、女が窓から顔を出したので、「好きだ。つき合ってくれ。鮭やるぞ。食ってくれ。」と、いってみた。女はあきれて、「鮭ってあなた、熊が熊口説いてるんじゃないんだから。」と、いったけど、私には何のことだかよくわからなかった。熊が鮭を食べるということを知らなかったのである。その頃私は今よりももっと馬鹿で、「水に浮かんだ死体」のことを「大五郎」だと信じていた程でした。本当は「土左衛門」というのです。

女と知り合う前の私は、中に水の入った灰皿や、ちくちくするセーターや、市バスの「降りますボタン」や、おしゃべりな床屋をこわがるような奴で、コーヒーを飲もうとして口にふくんだままそれを飲み込むのを忘れてしまい、しばらくして何かの拍子に口を開くとコーヒーが「べーっ」と、胸にこぼれてしまう、というようなことが珍しくなかった。

ともあれ女が頭よりも性格を重視するタイプで、その頃私は「フランダースの犬か穂村か。」といわれる程性格がよかったので、「いいよ、つき合ってあげる。」と、いわれてその女と暮らすようになった。

2 編み込み

「眠るつもりなんて全然なかったのに、昼過ぎになんとなく眠ってしまった。目が覚めるともう夕方で、部屋の中は薄暗い。窓の外のどこかで、トラックがバックする時に発する警告音が鳴っている。鼻の頭が冷たい。とても空虚な感じがして、取り返しのつかないことをしたような気持ちになって、ふとんから起き上がることができない。こわいような感じがして起き上がることができない。眠るつもりはなかったのにうっかり眠ってしまって、目が覚めたら夕方だった、っていうだけでこんな感じになるのはおかしい。みんなはいろんなことをして、スカイ・ダイビングとかする人だっているのに、自分はふとんから起き上がることができないなんて、おかしいと思う。でもだるくてこわくて全然だめだ。何がだめだかわからない程だめだ。そのままの状態で何時間も過ぎる。やがて完全に暗くなった部屋で、やっとふとんから起き上がることに成功する。テレビのところまで行ってスイッチをいれると、シンドバッドが海賊と戦っていました。」

「食パンを食おうとして、塗りすぎたママレードが胸に垂れたとたんにだるくなってしまう、『まずパンを全部食ってから拭こう。』とか思って食パンを食い終えた時には、今度は指がママレードでべたべたになってるんだ。拭かなきゃと思うんだけど体が動かない。呪いだ。ママレードを拭くっていうだけのことが、突然、あやとりで『闘牛士』を作るのと同じ位むずかしくなっちまうんだ。」

「なんで他の人はそこですぐにママレードが拭けるのか、わかんなかったね。暗い部屋でふとんから起き上がる力や、ママレードを拭く力が、どこから出てくるのかわかんなかった。ほら、よく料理番組の途中で『こちらに、先程焼き上げておいたものがございます。』とかいって、急に、それまでぐちゃぐちゃいじってたもんとは別の『できあがり品』がでてくるじゃない。あれだよ。あれ、あんな感じ。あれってどっから出てくるんだろうね？　俺にはわかんなかった。まあ、それでも、犯罪にも宗教にもコミケにも走らずに、何とかちまちま暮らしていました。」

「けれどある朝、カルピスを飲んでいたら、俺の口から白くて変なおろおろしたもんが出てきた。それをみた時、とつぜん耳たぶに火がついたような気がして、おもわず『もう生きてやらんぞ。』って叫んでいた。そのおろおろを見た時、俺に対する強い悪意をはっきりと感じて、空のどっか上の方にいる奴を絶対にゆるしてやらんぞと思ったんだ。」

「だからおまえが、スケート場でカルピス飲みながら『カルピス飲むと白くておろおろした変なものが口からでない？』って俺にいった時、とてもびっくりした。あの時おまえ髪の毛を、ちょうど今みたいに、編み込みにしてただろ? とてもきれいだった。口から白いおろおろを出しても、すこしもだるくならずに、あまつさえ髪の毛をきっちり編み込みにして暮らしていける奴がいるなんて、と思って、本当に驚いたんだよ。」

3 ごーふる

夕暮れの台所で、女は私に、中にストロベリー・クリームをはさんだ凮月堂の「ごーふる」をくれた。あ、ごーふるだといって私はそれを受けとった。そしてごーふるごーふるといいながら、いちごのクリームのはさまったごーふるをパリパリ食べた。女は私をみて笑っていた。私は女のきれいに編み込まれた髪をみて、もう大丈夫だと思った。もう大丈夫なんだ。女は笑っていた。

女は笑いながら「そんなわけないでしょ。」と、いった。

女は笑いながら、自分の編み込みをつかんで、それを頭からはずした。「私、本当はハゲなの。」と、女はいった。「口からおろおろ出してんのに、髪を編み込みにして暮らしていける女なんているわけないじゃない。」女は楽しそうに笑っていた。かつらをはずしたその頭は、つるつるだった。

「ごーふる。」と、私はいった。ごーふる。

女は笑いながら「そうよ、ごーふるよ。」と、いった。

「つるつる。」と、私はいった。つる

つる

　女は笑いながら「そうよ、つるつるよ。」と、頭を撫でた。

「私たちは、つるつるでごーふるなのよ。」と、女はいった。「初めからそうだったのよ。忘れたの？」

「初めから？」と、私はいった。

「そうよ。だから私たちは、毎年スケート場びらきの朝に滑りに行くのでしょ？男の子や女の子やおじさんやウエイトレスや酔っぱらいや消防士や消防士の恋人とすれ違いながら、自分の吐く白い息を見ながら、できたてのリンクの上を滑ってゆくのはとても楽しい。それは私たちがつるつるでごーふるだからだよ。」と、女はいった。

「・・・・・。」と、私はいった。

「だよ。」と、女はいった。

「自分の吐く白い息?」と、私はいった。

「うん。」と、女はいった。

「そうか。」と、私はいった。

「自分の吐く白い息。思い出した。楽しかった。転んで氷に手をついたまま、はあはあいうのも楽しかった。そうだ。俺たちは、俺は、つるつるでごーふるだったんだ、最初から。そして、そしてホチキスの・・・。」私は言葉を切って、深呼吸した。こわかったのだ。

「そしてホチキスの針の最初のひとつのように、自由に、無意味に、震えながら、光りながら、ゴミみたいに、飛ぶのよ。」と、女は笑った。

私も、笑った。笑うより他なかったのだ。

擧手の禮

塚本邦雄

●子供よりシンジケートをつくろうよ「壁に向かって手をあげなさい」

歌集標題は冒頭の「シンジケート」五十數首によるものだらうし、それも一聯中にただ一首現れる引用作品が決定的な動因になつてゐるものと考へてよからう。そして、紛れもなく、それに價する作品ではある。否、巻中に聳立し、他の歌を睥睨する佳品と言はう。穗村弘がこの歌集にこめた意圖もここにあるやうだ。言つてよければ、その意圖とは、紛れもなく惡意である。あるいは屈折を極めて、ほとんど惡意に近い善意かも知れない。

私なら、歌集の第一頁にこの歌を初號活字で、それもゴシックで刷りこみ、あとはブランクで三頁、次の見開きにべつとりと血飛沫《ちしぶき》、續いて漆黒の十頁分、さて、そのあとに、殘りの作を一切合財六號でずらりと竝べ、奥附には「シンジケート加入申込書」でも添へておきたい。勿論、この常識社會の、常識のしがらみの最たる短歌界で、できる相談ではあるまいが、萩原恭次郎の『死刑宣告』は、今から七十年前、大正十四年にあんなアナーキーな本を出しおほせてゐるのだ。あの頃の殺氣立つた世相より、私はこの世紀末の曇天的平和の方がずつと怖しいし、だからこそ『シンジケート』に存在理由を認める。

一九九〇年も夏に入つてから、各紙各誌は、日本の出産率激減を憂へて、警鐘を鳴らし始めた。シンジケートはいざ知らず、世の善男善女おしなべて、「子供より」他の何かを作ることに專念しつゝある歴然たる證左である。生めよ殖やせよの惡夢から醒めた世代がバースコントロールを行ひ、生活の充實と安息を計つたのももう昔のこと、今日の乳幼兒減少傾向はもつと頽廢的なニュアンスを帶びてゐるのではあるまいか。

かく言ふ私も、計劃的に、男子一人しか創らなかつたが、そのアイディアもしくはプランをここで詳述してゐる暇もなく、そんな趣味も、同時に責任もない。肝腎なのは、穗村弘が提唱する「シンジケート」である。そして、そのシンジケートも、下句「壁に向かって手をあげなさい」がある限り、言ふまでもなく、非合法の反社會的組織であらう。下句さへなかつたら、經濟學用語としてのそれで、通さうと思へば通らうし、それでマフィアの影でもちらつかせば、一捻りきいたブラック・ユーモアになつたものを。

だが、はつきり言つてくれてよかつた。引用一首の毒はこれで決定的になつた。作者は一見、シンジケートごつこ遊びめかせでゐる。ゐるのだが、その輕快な歌ひ口が、却つてベビーフェイスのギャングの、冗談もどきの脅し文句に似て氣味が惡い。さしづめ、あのリチャード・ギアあたりに、マフィアのボス補佐くらゐ演じさせると、こんな科白《せりふ》がぴつたりするだらう。そして、場面一轉ここは極東の田舍町（東京も大いなる田舍）、手を擧げて、ひたすら助命請願の姿勢を守つてゐるのは、君の私の、間違つて作つてしまつた例の「子供」そのものであるのに氣づいて、愕然、慄然とするのだ。

かつて軍隊そのもの、軍隊候補の學生、在郷軍人會、國防婦人會、愛國婦人會のどれかに所屬し、そこの發行したパスポートを持つてゐない限り、一歩も動けず、一日も生きてゐられなかつた時代を、穗村弘は恐らく傳聞以外には知るまい。だが、シンジケートに屬さぬ限り人間扱ひされぬ時代、シンジケートと非シンジケートの二種しか人間はゐず、後者が次第次第に減少し、つひにシンジケート内部の崩壞で、同志討ちの結果、「そして、誰もゐなくなつた」未來が、すぐそこに來つつあることを、まことに輕やかに、ここに豫言してゐる。作者は微笑でごまかさうとしても、もう遲い。この豫言は的中する。

いつの日か、私は穗村弘に、八年前、シラクサからパレルモへ向ふ途中で手に入れた、すばらしいシチリア民謠「マフィア」のテープを進呈しよう。マランツァーノの鈍く銳い伴奏によつて歌はれる、極惡非道の「オノラータ・ソシエタ＝ならず者集團」行動の顚末は、聽く人の肝を冷やし、萬斛の涙を誘ふ。そしてこのシチリア語の歌ほど、この歌集、『シンジケート』の伴奏に向くものは他にない。

おもちゃワールドの孤独

坂井修一

穂村弘は、どうにも捕えどころのない人物である。人生の目的とか、文芸の理念とか、そういうものが外からあからさまに見える人間も少なかろうが、穂村ほどセンシティブな人間がかく捕えどころがないのには、ちょっと秘密がありそうである。詩人の資質は紛れもないが、それではどういう詩人かと問われると、答えづらい。

フーガさえぎってうしろより抱けば黒鍵に指紋光る三月

郵便配達夫《メイルマン》の髪整えるくし使いドアのレンズにふくらむ四月

置き去りにされた眼鏡が砂浜で光の束をみている九月

こういう作品を見てもわかるように、穂村は光にきわめて敏感な作者である。しかもここに歌われた光は、どれも単純な自然の光ではない。黒鍵の指紋・レンズの中の郵便夫・眼鏡の中の光の束——どれも人造物の介在によって詩となる光である。光を恣意的に屈折させたり、反射させたりすることに、穂村は長けている。彼にとって世界は、こういう人工的な〈光の束〉として見えているらしい。

穂村作品にあらわれる世界の姿は、老若を含めて既存の歌人のそれとは大きく異なる。むしろそれは、現代劇の演出家とか、ある種の漫画家とかのそれに近いものがある。世界を見る視線は、彼をとりまく都市空間のなかで屈折し、しかも無理なく目標に到達する。リジッドな価値の構造化は彼の作品にはない。世界からの光が屈折し、穂村の視線も涼やかに屈折する。悲しみはあるが、ゴリ押しの意志は見られない。穂村の態度は、きわめてスタティックであり、同時に柔軟でもある。読者は『愛のさかあがり』などという漫画を思い起してもいいが、穂村ワールドは、もうすこしシャープで、純粋で、孤独である。

子供よりシンジケートをつくろうよ「壁に向かって手をあげなさい」

「とりかえしのつかないことがしたいね」と毛糸を玉に巻きつつ笑う

「キバ」「キバ」とふたり八重歯をむき出せば花降りかかる髪に背中に

脱走兵鉄条網にからまってむかえる朝の自慰はばら色

ハーブティーにハーブ煮えつつ春の夜の嘘つきはどらえもんのはじまり

サバンナの象のうんこよ聞いてくれだるいせつないこわいさみしい

積乱と呼ばれし雲よ　錆色のくさり離してブランコに立つ

秋の始まりは動物病院の看護婦《ナース》とグレートデンのくちづけ

あっかんべかわせば朝の聖痕は胸にこぼれた練り歯磨き《トゥースペイスト》

手を叩け海のあおさに驚いたパトカーが椰子の樹に突っ込むぞ

ユーモラスで残酷で明るくて寒い。イメージ豊かで、敏感な神経をもちながら覚醒している。しかも世界を突き放しきってはいない。

古典的な律調の「積乱」の歌もいいが、「象のうんこ」も決して悪くない。こういうイマジネーションを手放しに言葉にするには、かなりの強さがなくてはならない。穂村弘はそうとうに強い歌人だと思う。また、なにものかを捨てない詩人でもあろう。「嘘つきはどらえもんのはじまり」とは、ずいぶん変な言い草だが、こう言ってはじめて剖かれるものは、ある。穂村ワールドのはじまりである。

穂村は恋人にむかって、「子供よりシンジケートをつくろうよ」と言う。プラモデルを作るような軽快さである。家庭よりも〈組織〉をつくっちゃおう、とママゴトめいた展開を躊躇なく見せてしまう。彼の世界は、規範とか体系とかよりも、形のない直観が勝っている。それは、一見してイマジナティブにすぎる直観かもしれないが、逆に我々の世界そのものを過不足なく照射する数少ない光線なのかもしれない。我々は、まさに現在の可能性として、穂村ワールドとつきあってみる必要がある。『シンジケート』は、短歌の世界におけるもっとも新しい〈光の束〉である。

切なさのダイヤモンド

林あまり

穂村弘と私とは〃魂のフィアンセ〃ということになっている。これは、穂村弘の短歌と私の短歌と両方を読んだ私の友人が「あなたたちは魂の双子じゃないの？」と言ったことからはじまった。友人のセリフを穂村弘につたえたところ、彼はもったいなくも「魂の双子より、魂のフィアンセのほうがよくない？」とのたまったのである。

たしかに私は、穂村弘の短歌に恋をした。角川『短歌』を読んでいて出会った「シンジケート」という連作に。角川短歌新人賞の次席として掲載されていたその一連の作品は、完全に私の心を奪った。こんなにかなしくて、あかるくて、切ない短歌があらわれるなんて——。暗唱してしまえるほど、私は「シンジケート」のとりこになった。

しかし私は恋におちると同時に、非常なショックを受けた。というのも「シンジケート」があまりにも私の理想の短歌であったがために、私はすっかり自信を失ってしまったのだ。

しばらくして穂村弘は神の導きにより（彼はそうは思わないだろうが）私の所属する歌誌「かばん」に入ってきた。彼が発表する作品は、次々に話題となった。ショックでおちこんでいた私も、おちこんでばかりもいられず、気をとり直して作品をつくった。私が立ち直ったきっかけは、穂村弘が短歌をつくりはじめた動機のひとつに、私の歌集との出会いがあった、と知ったこと。これは私には強力なカンフル剤となった。

そしてついに、穂村弘の歌集が出る。これは素晴らしいことである。歌集『シンジケート』は、現代短歌の歴史に大きな「！」または「♡」を刻みつけることだろう。

歌集『シンジケート』の魅力は、一九八〇年代を生きた若者だけが持つことのできる〝切なさのダイヤモンド〟を見せたことだ。とびきり大きな、宇宙船くらいある宝石を。何かが欲しいのでも、何かがしたいのでもなくて、すべてがそのへんにころがっているのに、なぜかかなしくて仕方がない。切ない切ない切ない「つるつるでごーふる」の私たち。

ほんとうにおれのもんかよ冷蔵庫の卵置き場に落ちる涙は

読み落とせないのが神の問題だ。穂村弘に言わせれば、それは「俺に対する強い悪意」を持った「空のどっか上の方にいる奴」である。が、散文ではそこまで言い放ってしまえる彼も、短歌においては、なぜか複雑な神への表情をかいま見せる。

モーニングコールの中に臆病のひとことありき洗礼の朝
許せない自分に気づく手に受けたリキッドソープのうすみどりみて

神への表情が、この先どのように変化してゆくのか。クリスチャンである私にとって、心ひかれる部分である。

そして、いまはもう腕の中にはいない女の子と過ごした日々への恋歌――。現在形で書かれた作品だとしても、それは過去の恋への呼びかけなのだということが、穂村短歌のキーであると言ってもいい。だから、見かけは幸福の絶頂にあるような短歌でも、その幸福の青い鳥はとっくに逃げてしまっているのだ。この喪失感をやっとの思いで支えてくれているのが定型という器なのかもしれない。

抱き寄せる腕に背きて月光の中に丸まる水銀のごと
朝の陽にまみれてみえなくなりそうなおまえを足で起こす日曜

抜き取った指輪孔雀になげうって「お食べそいつがおまえの餌よ」

最後の一首を私が忘れてしまうとき——それは私が短歌をやめるときだろう。

新装版に寄せて

書けなかった一行

高橋源一郎

穂村弘さんの第一歌集『シンジケート』を読み返した。何回目なのかな。歌集も詩集も句集も、たいていは一度しか読まない。気に入ったら数回。でも、中には、繰り返し何十回も読むものもある。そこまでいって「大切な本」となる。もちろん、『シンジケート』も、その中の一冊だ。

実は、この本を推薦してくれたのは、妻（当時の……）だった、小説家（当時は違います）の谷川直子さんだ。

彼女が「これ、いいよ」とぼくに手渡したのだ。

「ありがとう」とぼくはいった。そして、読んだ。

いろいろなジャンルの本や音楽や美術や劇や、その他なんでも。ほんとうに詳しく、確固たる趣味を持ちながら、偏見がなく、かつ、きちんとわかる友人を持つこと。この世でいちばん重要なのはそのことだと思っている。信頼できる人から、その人の「推し」を教えてもらうのだ。ぼくと意見がちがってもかまわない。でも、ひとりでは、世界のことはわからない。そんな、信頼できる人が、ぼくには何人かいる。ぼくが仕事を続けていられるのは、そのせいだ。もちろん、ぼくも、他の誰かのそんな友人でありたい。で、『シンジケート』を読んだのだ。読み返すたびに思い出す。最初にびっくりしたのは、14頁（本書）の

体温計くわえて窓に額つけ「ゆひら」とさわぐ雪のことかよ

「あっ」と思った。「ゆきだ」が「ゆひら」と発音されたのである。そういうことはある。あるけど、誰も書いたことがないのだ。いまだかつて一度も。「これなんだよね」とも思った。なにが「これなんだよ」なのかは、まだわからなかったけれど。で、頁をめくった。そしたら、こんなものが現れた。

「猫投げるくらいがなによ本気だして怒りゃハミガキしぼりきるわよ」

思わず、椅子から立ち上がった。こんなのありかよ！

こういう、完全な口語表現も、いまとなっては珍しくはない。誰だってやるようになった。誰だってやれるようになった。みんなの表現になった。でも、その頃には、ほとんど誰もいなかった。口語表現そのものはあった。でも、「ここ」まで「降りて」きた歌人はひとりもいなかった。っていうか、詩人はいなかった。小説家は？　いや、やっぱりいなかったんじゃないかな。近いところまで行った小説家はいたかもしれないが。

では、こんなことをさらっとやっている、この、名前も聞いたことのない歌人は、誰なんだ？

……というようなことを（読んでいるぼくの横にいた）直子さんにいったように思うし、「この人はすごいのよ」というようなことを、直子さんがいったようにも思う。

もちろん、それから、『シンジケート』の、その先を読んでいったのだ。楽しかったなあ。どれもこれも、面白いんだものね。どれもこれも面白い歌集って、『一握の砂』以来じゃないのかなあ。そんなことを思った。俵万智さんの『サラダ記念日』もすごいと思ったけど、超えてきてるよね、穂村さんは。

そして、あのとき、ぼくは『シンジケート』をまだ読み終わっていなくて、一頁に一首は「すっげえ」といいながら、もう決めていたんだ。そして、まだなにもしていないのに、ワクワクしていた。

だって、こんなにも素晴らしい、こんなにも歴史的意義のある傑作歌集を、ほとんど誰も知らないのだ。それをみんなに知らせる必要があって、しかも、なんと好都合なことに、そのとき、ぼくにはその手段があった。朝日新聞で文芸時評をやらせていただいていたのだ。

「なにか素晴らしいもの」が、みんなの前に、突然姿を現す瞬間がある。それを手伝うことができるのだ。最高ではありませんか。

ぼくが『シンジケート』について論じた、1991年4月24日の紙面が手元にある。タイトルは「言文一致の運命」だ。

最初に、柴門ふみの、大ヒットマンガ『東京ラブストーリー』を、続いて、関川夏央の『知識的大衆諸君、これもマンガだ』を、ぼくは論じている。

――まずは、マンガ表現なのに「言葉」が多くなったこと……そのことを否定的に考える人は多かった。なぜなら、マンガは「言葉」じゃないから。

しかしマンガに「言葉」が多い、ということの裏には、もっと驚くべきことがある。それは、そこで使われている「言葉」は、明治になって近代文学が獲得した「言文一致」とは一線を画した「新しい言文一致」であるということだ。百年近く使われた「言文一致」の「言葉」は、ついに耐用期限が切れ、新しい「言文一致」の「言葉」に取って代わられようとしている。その、輝かしい任務を担っているのがマンガだった。いや、そこに、ようやく、文学の側から参入しようとしているものがある。それこそが、穂村弘の『シンジケート』なのだ——

こんなことを、ぼくは書いた。そのことが、少しでも、穂村さんのお役に立っていれば、とても嬉しい。ぼくなどの「推し」がなくても、そうなったとは思うが、その後、穂村さんは、現代歌壇を代表する歌人になった。いや、歌を作り、評論を書き、あらゆる場所で、あらゆるタイプの文章を書き、どこにでも出かけて、話までした。穂村さんは、「短歌」の広報の役割も果たそうとした。現代詩で、谷川俊太郎と荒川洋治がふたりに分かれてやっている役割をひとりでやっていたのだ。それよりなにより、穂村さんが決定づけた、新しい短歌の形は、いまでは、そこから逃れることが難しい、準拠枠のようなものになった。確かに自由だ。なんだってできる。けれども、自由であることは、なかなかつらい。そんなところまで、あらゆる歌人を追いこんでしまったのかもしれないのである。

そのことについて書くのは、いまこの場ではあるまい。実は、もう一つ書きたいことが、ぼくにはある。

1991年の文芸時評で書けなかったこと、まだ気づいてはいなかったことだ。

*

『シンジケート』の刊行は1990年10月。あの頃は、どんな時代だったのだろうか。『追憶の一九八九年』は、ぼくが雑誌に連載した1989年1月1日から12月31日までの日記（正確にいうと、もう一週間ほど追加がある）をまとめたもの。雑誌に連載したので、一日も欠かさず、ぼくは日記を書いた。連載の最初から、タイトルは「追憶の一九八九年」だった。あらかじめ、追憶しようと思っていたのだ。いまは思わなくとも、追憶すべき年になるのではないかと思って。さて、どんなことがあったのか。正月には、志村けんの『バカ殿』を見て笑った。と思うと、「昭和が終わりました」という妻の実家からの電話でびっくり。ああ、天皇が亡くなり、昭和が終わったのだ！　一年を通じて、雑誌「広告批評」に書いたり、出演したりしている。広告の時代だったのか。2月には、漫画界の天皇、手塚治虫が亡くなり、3月には、糸井重里さんがゲーム『MOTHER』を発表し、ぼくは糸井さんからゲームをもらい、吉本ばななの超ヒット作『TUGUMI』を読み、4月頃から北京で学生がデモをして、香港でもデモが広がり、6月には天安門広場に中国軍が突入し、NHKの記者が「リーダーが『最後の時が来た。最後まで戦おう』と言っています」と放送した。それでも、ぼくは、テレビを見ながら、『MOTHER』をやっていると、今度は、「歌の世界の女王」美空ひばりが亡くなった。それが6月。7月には連続幼女誘拐殺人の「宮崎勤」が捕まり、8月にぼくは『テトリス』をやり始める。10月には宮崎駿の新作『魔女の宅急便』を観に行ってびっくりしていると、翌月にはもっとびっくりすることに、ベルリンの壁が壊されはじめるというではないか。消費税が導入され、リクルート事件が拡大し、オウム真理教が大きな話題になった。12月29日、東証の大納会で日経平均株価が38,957円44銭の史上最高値をつけた。これが1989年だった。1990年は1月にアニメの『ちびまる子ちゃん』が始まり、3月に雑誌「東京ウォーカー」(の前身)が創刊され、7月に日本共産党の書記局長に志位和夫さんがつき、8月に公定歩合が6%に引き上げられ、10月には平均株価が2万円を割った。それでも、10月には『ちびまる子ちゃん』の視聴率が39・9%で歴代アニメのNo.1となった。11月に任天堂が「ファミコン」の次世代機として「スーパーファミコン」を発売。一方、海外では東西ドイツが再統一、ソビエト連邦は崩壊の一途をたどった。『クレヨンしんちゃん』と『SLAM DUNK』の連載が始まり『フィールド・オブ・ドリームス』と『ダイ・ハード2』と『ゴースト/ニューヨークの幻』と『プリティ・ウーマン』が日本で公開され、『渡る世間は鬼ばかり』が始まり『いかすバンド天国』が終わった。

バブル景気がついに終わり、「失われた10年」が始まろうとしていた。それでも、まだまだ豊かななにかが周りには溢れていた。びっくりするような大きな事件が次々に起こるので、ついに何事にたいしてもびっくりしなくなり、ゲームをしたり、アニメやマンガやテレビや映画を見ていた。

「酔ってるの?あたしが誰かわかってる?」「ブーフーウーのウーじゃないかな」

ハーブティーにハーブ煮えつつ春の夜の嘘つきはどらえもんのはじまり

空の高さを想うとき恋人よハイル・ヒトラーのハイルって何?

桟橋で愛し合ってもかまわないがんこな汚れにザブがあるから

そうだ。『シンジケート』には、「あの時代」が閉じこめられているのだ。軽く、明るく、テレビやゲームのCMのことばが飛び交って、でも、どこかちょっとだけ不安な、あの頃が。まるで、タイムカプセルのように。思い出として、ではなく、そこで選ばれていることばのたたずまいの中に、あるいは、そのことばを選ぶ瞬間の作者のためらいと決断の中に、である。

かつて、荒川洋治が、こんなことを書いた。

「この日本では村上春樹だけが小説を書いている」と。そんな馬鹿な、と思うだろう、誰だって。さらに、荒川さんは、続けてこういうのである。

「村上氏の今回の作品は、読者への想像力をこれまで以上にはたらかせ、読者の立つ現実に合うものになっている。『わたしなりの』小説を書いているのではない。いま作者たるものが読者に向けて書くべき小説を書いているのだ」

強く反論したいと思いながら、このことばの中に、ある否定しがたい真実があることだけは、ぼくにもわかったのだ。

どんなジャンルでも、ほとんどの、ほんとうに、ほとんどすべての作者は、「わたしなりの」作品を書いているだけなのである。「わたしなりの」真実、「わたしなりの」芸術、「わたしなりの」努力、「わたしなりの」才能。それは素晴らしいことだ。唯一、問題があるとするなら、それは、その作品を読むべき読者のことなんか考慮されてはいないことだ。

では、「わたしなり」ではない作品とは何か。それは、読者の好みに合わせたり、読者を楽しませることを目的とした作品ではない。「わたし」と「読者」が、同じ空間を、同じ世界を生きていることを確信させてくれるような作品なのだ。そんな作品に触れるとき、すべての読者は、いまを生きていることの意味にも触れるのである。

『シンジケート』は、ただ素晴らしい作品であるのではない。いつ頁をめくっても、「あの時代」が息づいている。いや、ただ息づいているのではない。現実にあった「あの時代」よりもさらに鮮明なそれとして、そこにあるのだ。もし、「あの時代」のことを知りたかったなら、『シンジケート』という扉を開けばいい。扉の向こうには、確かに、誰もが知っている「風」が吹いていたのである。

「この日本では穂村弘だけが短歌を詠んでいる」

1991年の文芸時評で、ぼくが書き損ねたのは、その一行だったのだ。

新装版あとがき

本書は一九九〇年に自費出版した私の第一歌集『シンジケート』（沖積舎）の新装版です。元版の帯にいただいた大島弓子さんの推薦文と、同じく別刷の栞にお願いした塚本邦雄さん、坂井修一さん、林あまりさんの文章を再録させていただきました。ありがとうございました。

久しぶりに昔の短歌を読み返して、あれこれ手を入れたい気持ちになりました。が、読者としての自分はそのような改変を喜んだ記憶がないことに気づき、誤植の修正にとどめました。その代わりというわけでもないのですが、どこかの頁にキャンディの包み紙が一つ、挟まっています。

三十一年前、初めての歌集を美しい本にしたくて、でも、デザインのことなど何もわからない私は、集めていた可愛いお菓子の包み紙を編集者の山崎郁子さんとデザイナーの藤林省三さんに見て貰いました。「あの、こんなイメージで……」と。カラフルなゴミの山（に見えたと思います）を前にした二人はちょっとびっくりして、でも、真面目な顔で頷いてくれました。

今回の新装版を作るにあたって、その話を聞いた名久井直子さんのアイデアで、ヒグチユウコさんがオリジナルの包み紙を描いてくれました。紫のグレープ、黄色のレモン、赤のストロベリー。全部で三種類の中から、一冊ごとにどれか一つが入っています。次元を超えて紛れ込んだキャンディの包み紙です。

★

新装版の刊行にあたって、講談社の見田葉子さんに『水中翼船炎上中』に続いてお世話になりました。ありがとうございました。

また、ヒグチユウコさんと名久井直子さんに最高の絵と装丁で本書に新しい命を与えていただきました。ありがとうございました。

そして、『シンジケート』という本を最初に発見してくださった高橋源一郎さんに、素晴らしい解説をいただくことができました。ありがとうございました。扉が開かれた日の衝撃は忘れません。

穂村 弘

二〇二一年三月三一日

底本　『シンジケート』　1990年、沖積舎刊

穂村 弘（ほむら・ひろし）

1962年、北海道生まれ。歌人。1990年、歌集『シンジケート』でデビュー。現代短歌を代表する歌人として、その魅力を広めるとともに、評論、エッセイ、絵本、翻訳など様々な分野で活躍している。2008年、短歌評論集『短歌の友人』で第19回伊藤整文学賞、連作「楽しい一日」で第44回短歌研究賞、2017年、エッセイ集『鳥肌が』で第33回講談社エッセイ賞、2018年、歌集『水中翼船炎上中』で第23回若山牧水賞を受賞。他の歌集に『ドライ ドライ アイス』、『手紙魔まみ、夏の引越し（ウサギ連れ）』、『ラインマーカーズ』（自選ベスト版）等がある。

シンジケート［新装版《しんそうばん》］

二〇二一年五月二一日　第一刷発行
二〇二四年一〇月二日　第六刷発行

著者　穂村《ほむら》 弘《ひろし》

発行者　森田浩章
発行所　株式会社講談社
東京都文京区音羽二―一二―二一
郵便番号　一一二―八〇〇一
電話　出版　〇三―五三九五―三五〇四
販売　〇三―五三九五―五八一七
業務　〇三―五三九五―三六一五

KODANSHA

印刷・製本　TOPPANクロレ株式会社

ISBN978-4-06-523212-5